うんど

おねえちゃんって、いっつもがまん!?

いとう みく・作
つじむら あゆこ・絵

おねえちゃんだもん

きのう、さかあがりが　できるように　なった。
一年生（ねんせい）に　なって、あたし　にがてな
セロリも　たべられるように　なったし、
たしざんだって、ひきざんだって、
できるように　なった。
いもうとを　つれて、
おつかいにだって　もう　いける。

でもね、ほんとうは
つれていきたくない。
だって、いもうとは
いきなり　はしったり、
しゃがんだり、
のぞきこんだり　するし、
すぐに
「ココたん、おんぶ～」
っていうんだもん。

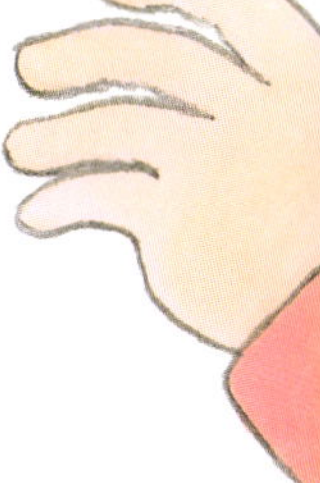

いもうとの　なまえは、ナッちゃん。
あたしの　おかあさんと、ナッちゃんの
おとうさんが　けっこんして、あたしは
おねえちゃんに　なった。
「いもうとって　かわいいでしょ」
みんな　いうけど、そんなに
いいもんじゃない。
だって、へやの　なかを
「きーん」「べーん」って

いいながら、どたばた
かけまわるし、
きんぎょばちの　水を
ぐるぐる　かきまわすし、
いっしょに　つんであげた、
つみきの　おしろを、
きゃはきゃは　いいながら、
ばしゃーん！って　はかいする。
まるで、かいじゅう。

それに、三さいのくせに
ナッちゃんは
あたしより　大きい。

かいじゅうは、なんでも
あたしの　マネを　するけど
やっぱり　三さいの　おチビなの。
あたしと　おんなじことなんて、
ちーっとも　できない。

ナッちゃんは、できないと、びーびーなく。
うるさいけど、あたしは
ちょっと　いいきぶん。
だって、あたしは
おねえちゃんだもん。
おねえちゃんは、
いもうとより、なんだって
じょうずだし、なんだって
できるんだもん！

いやなものはいや！

「ただいまー」
おふろから　でたとき、
おとうさんの　声（こえ）が
きこえた。
「おとたん！」
ナッちゃんは、パンツいっちょうで、
どたどたって　げんかんへ　かけていった。

「こらこら、ちゃんと　ふかないと、
かぜ　ひいちゃうだろ」
おとうさんは　そういいながら、ナッちゃんを
だっこして　リビングに　はいってきた。
「おかえりなさい」
おかあさんが　バスタオルで、
ナッちゃんを　つつんだ。

パジャマの　ボタンを　とめて、
タオルで　かみの毛（け）を　ごしごし　していると、
おとうさんが　にっこりした。
「ココちゃん　ただいま」
「おかえりなさい」
あたしが　いうと、
おとうさんは　もっと
にっこり　わらった。

「そういえば、ココちゃんの
うんどうかいって、こんどの
どようびだよね。
たのしみだなぁ」
ごはんの　とき、
おとうさんが　いった。
うんどうかいなんて、
あたし　ぜんぜん
たのしみじゃない。

みおちゃんは　かけっこ　はやいし、
やきゅうが　だいすきな　ショウくんは、
たまいれの　めいじんだし、あんずちゃんは
ダンスが　とっても　じょうず。
なのに、あたしは　かけっこも　はやくないし、
たまいれも　ぜんぜん　はいらないし、ダンスも
へたっぴなんだもん。
やだなー。
あたしが　小（ちい）さく　ためいきを

ついているよこで、ナッちゃんは　目(め)を
ぐおーって　みひらいた。
「うんろかい！」

「あら、ナッちゃん　うんどうかい
しってるの？」
おかあさんが　いうと、ナッちゃんは　イスの
上で　からだを　どこどこ　ゆらして、
ソースで　べたべたに　なってる　口を
にーってした。
「きょねん、ほいくえんの　うんどうかいに
でたんだよ」
おとうさんが　うなずいた。

「ナッちゃんも！　ナッちゃんも
うんろかい　やる！」
あたしは　びっくりした。
「ナッちゃんは　でられないよ」
「ナッちゃんも――」
「ダメ！　がっこうの
うんどうかいだもん」
そうしたら、ナッちゃんの
口（くち）が、への字（じ）に　なった。

ぎゃお〜ん！
うわっ、ないた。
ぎゃお〜ん！　ぎゃお〜ん！
でた、かいじゅうなき。
イスを　がたがたして、
はなみずまで　たらしてる。
そうしたら、おかあさんが
たちあがって、
ナッちゃんを　だっこした。

「ナッちゃんは、
おとうさんと、
おかあさんと、
おべんとうを　もって
ココちゃんの
おうえんに　いこうね」
ナッちゃんの
ぎゃお～んが、ちょっとだけ
小さくなった。

「おべんとう、なにに　しようか」
おかあさんは、ナッちゃんの　口（くち）を　タオルで
ふいた。

「どっちが、いっぱい　おうえんできるか、
おとうさんと　きょうそうしよう」
おとうさんも　いった。
「そうだ、おべんとう、
ナッちゃんの　すきな、
おいなりさんに　しようかな」
ナッちゃんは　ぴたっと
なきやんで、にーって　わらった。
「おいなりしゃん！」

「……やだ」
あたしが　いうと、「へっ？」って、
おかあさんが　まばたきした。
「おいなりさんなんて　やだ」

おなかの　おくが、しくっと　した。
「おいなりさんじゃなくて、あたし、
おにぎりが　いい！」
あたしの　うんどうかいなのに。
がんばるのは　あたしなのに。
なんで　なんにもしない　ナッちゃんの
すきなものを　つくるの？
そんなの　おかしい！
へんだ！

おかあさんは、ちょっと　びっくりした顔(かお)を
したけど、すぐに　にっこりした。
「ココちゃんは、うんどうかいの　日(ひ)も
きゅうしょくが　あるって　いってたでしょ。
わすれちゃった?」
あっ、そうだった。
うんどうかいなのに、きゅうしょくなんて
つまんないなーって、あたし　おもってたんだ。

あたしは　きゅうしょくだから、おべんとうを
たべない。それなら、ナッちゃんの
すきなものを　いっぱい　いっぱい、
おべんとうに　いれたって　いい。
そりゃ、そうだけど。
そうなんだけど。
でも、だけど……、　いやなものは　いや。
あたしは　ぐいっと　顔（かお）を　あげた。
「おにぎりが　いいの！」

ハンバーグを　はんぶん
のこしたまま、
「ごちそうさま」って　いって、
イスから　おりた。
「ココちゃん」
おとうさんの
しんぱいそうな　声が、
せなかから　きこえた。

バンって　ドアを　ならして
へやに　はいった。
じゅわっと　なみだが　でた。
おかあさんは、
ナッちゃんのほうが
だいじなんだ。
おとうさんは、
ナッちゃんのほうが
かわいいんだ。

あんな子、うるさいし、
あばれんぼうで、あまったれの
かいじゅうじゃん。
　ナッちゃんも、おかあさんも、
おとうさんも、みんな　きらい、
だいっきらい！
　あんな　かいじゅう、
いなくなっちゃえば　いいんだ。
　あたしは、ベッドの　なかに　もぐりこんだ。

やさしくなんてない

つぎの　あさ。
のろのろと　リビングに　いくと、
おかあさんが、こおりを　わってた。
カッカッカッカッカ
「どうしたの？」
「ココちゃん、おはよう。
ナッちゃんが　ねつを　だしちゃったの」

おかあさんは、わった　こおりを　水まくらの
なかに　いれて、タオルで　くるんだ。

そういえば、きょうは　しずかだ。
いつもは　ナッちゃんが、ぎゅうにゅうを
こぼしたり、あたしが　おかあさんに
かみの毛(け)を　ゆわえてもらっていると、
「ナッちゃんも」って、足(あし)を　どたどたしたり、
シーツを　あたまから　かぶって、へやを
かけまわったり　してるから。
「すぐに　ごはん　つくるからね。さきに
かお、あらってらっしゃい」

おかあさんが、リビングを
でていくと、シャツの
ボタンを　とめながら、
おとうさんが　はいってきた。
「おはよう」
「おはよ」
「あれ、どうした？　ココちゃん
げんきないじゃないか」
おとうさんは、あたしの　顔（かお）を

のぞきこんだ。
きのうのこと、おこってるかなって
おもったけど、おとうさんは
いつもと　おなじ顔(かお)で、
にこっと　した。
「ナッちゃん、びょうきなの？」
「ねつが　でちゃったんだよ。かぜかな」
きのうの　よるは　げんきだったし、
しょくよく　もりもりだったのに。

もしかしたら、あたしの　せい？
あたしが　かいじゅうなんて
いなくなればいい、なんて
おもったりしたから……。
「だいじょうぶだよ。
すぐに　げんきに　なるから」
おとうさんは　そういって、
あたしの　あたまを
ごしごしした。

「ココちゃん、ごめんね。
すぐ　ごはんに　するからね」
おかあさんは、スリッパを　ならして
キッチンへ　いくと、カチカチって　コンロに
火（ひ）を　つけた。

ハムトーストに　スクランブルエッグに
サラダ、それから　ぎゅうにゅうが、
テーブルに　三人ぶん　ならんだ。
「ナッちゃん、たべないの？」
「いま　ねてるからね。あとで　おかゆを
つくるから　だいじょうぶよ」
「ココちゃんは　ほんとうに　やさしいなぁ」
おとうさんが、あたしを　みた。

ちがう。
そんなんじゃない。
あたしは、ナッちゃんなんて
いなくなれば　いいのにって
おもったんだもん。
やさしくなんて、
ぜんぜんない。

「ごちそうさま」

「あら」

おかあさんが、おさらの　上をみて　いった。

「また　のこしてる。

ちゃんと　たべなきゃ。

うんどうかいの　れんしゅうも
あるんでしょ」

「たべたくないの」

あたしは　イスから　とん、と　おりて、
せんめんじょへ　いった。
はみがきを　して、それから
ナッちゃんが　ねてる
へやを　のぞいた。

おふとんの　なかで、まるくなって　ねてる
ナッちゃんは、かいじゅうじゃなくて、
小さな　うさぎみたいに　みえた。

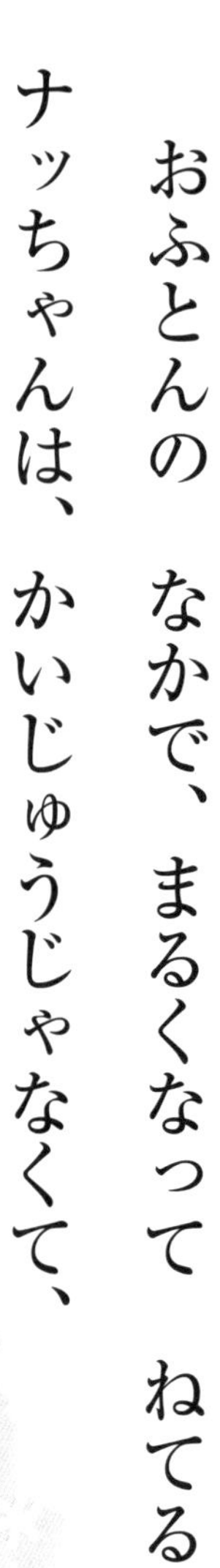

「ココちゃん」
ふりかえると　おとうさんが　たっていた。
「がっこう、　とちゅうまで　いっしょに
いこうか」

にたものどうし?

ぴゅるって　つめたいかぜが　ふいて、

足もとの　はっぱの　じゅうたんが、
かさこそ　なった。
「ココちゃんは、うんどうかいで
なにに　でるの？」
「ダンスと　たまいれと、五十メートル走」
あたしは、となりを　あるいている
おとうさんを　みあげて　いった。
「五十メートル走かぁ、おとうさん
かけっこが、にがてだったんだよなぁ」

「足、おそかったの？」
おとうさんは、ははは って わらって、
うなずいた。
「たしかに、はやくは なかったな、うん。
でも それより、よーいどん！で ピストルの
音が するだろ、あれが こわくて」
「あたしも！」
おもわずいうと、おとうさんは
目を まるくした。

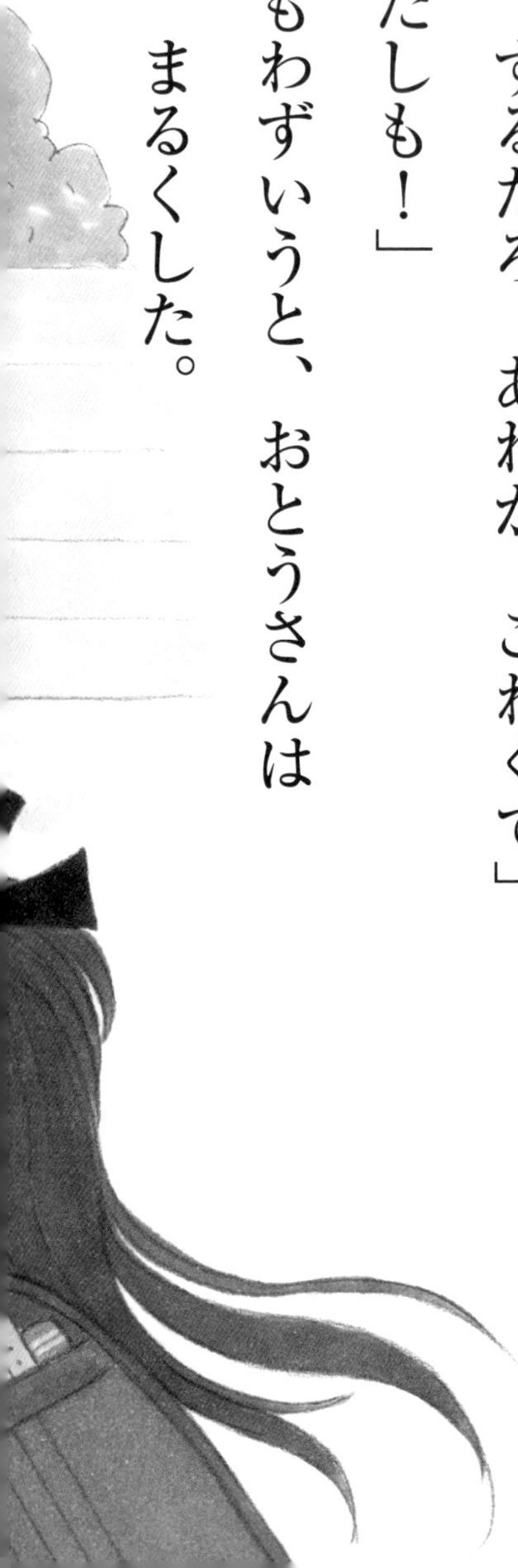

「あのね、あたし、ダンスも
右足（みぎあし）と　左足（ひだりあし）を　だす
じゅんばん、すぐに
まちがえちゃうの」
「わかるわかる。
おとうさんも　そうだった。
ともだちのを　みて、
まねしようと　すると、
よけいに

こんがらがっちゃってさ」
「うん！　そうそう！」
あたしが　いうと、
おとうさんは　わらった。
「おなじだなぁ。
そうか、ココちゃんと
おとうさんは
にたものどうしだね」
　にたものどうし？

「あの、お、お、おとうさんも、うんどうかい
きらいだった？」
「そうだね、うん、いやだったことも　ある」
「いやじゃなかったことも　あるの？」
おとうさんは　大きく　うなずいた。
「うんどうかいって、スポーツの
おまつりみたいだろ。みんなきて、あさから
わいわいして」
おまつり、かな。

ほいくえんの　ときの、うんどうかいを
おもいだした。

テントを　はって、おんがくが　いっぱい
なって、おかあさんたちも　みんな　きて、
そとで　おべんとう　たべて、
かっても　まけても、
「がんばったねー」って、おかあさんも
せんせいも　ほめてくれた。

でも、ことしは　ちがうんだもん。

ナッちゃんが、いもうとが
みてるのに、
かけっこで　ビリになったら
かっこうわるい。
ダンス　まちがえちゃったら
わらわれちゃう。
たまいれだって。
おねえちゃんなのに、
かっこうわるいって　おもわれちゃう。

あたしは、ランドセルの　かたひもを
ぎゅっと　にぎった。
がんばったって、どうせ……。
「がんばるって、
きもちいいだろ」
えっ？

びっくりして　顔（かお）を　あげると、
おとうさんが　にこにこしていた。
「ココちゃんが　たのしそうに　してたら、
また〝ナッちゃんも―〟とか、いいそうだけどね」

すこし　こまったような　顔で
わらいながら、おとうさんは、
かたを　ひょいと　あげた。
「……ナッちゃん、
うんどうかい　こられるかな」
「うん、だいじょうぶ」
おとうさんの　大きな
手が、あたしの
あたまを　ごしごしした。

だいすき

カーテンを
シャーッと　あける。
はれた！
きのうまで、あめが　ふっていたんだけど、
きょうは　ぴかぴかに、はれている。

ドアを　あけると、おいなりさんの
あまずっぱい　においと、からあげの
こうばしい　においと、にものの　だしの
においが、ふわっと　あたしを　つつんだ。

あたし、きのう　おかあさんに
いったんだもん。
「おいなりさんで　いいよ」って。
と、ドタドタドタって　足音が　して、
ナッちゃんが　とっしんしてきた。
「わっ」
だきついてきた　ナッちゃんと　いっしょに、
ゆかに　ドテッて　ひっくりかえった。
「ココたん、おひさま！」

「う、うん。はれたね」
すっかり　ねつも　さがって、ナッちゃんは
いつもより、ずーっと　パワーアップしてる。
「おはよう」
おかあさんは　おべんとうを　つめながら、
「いいおてんきになって
よかったなぁ」
おとうさんは　カメラを
さわりながら、

あたしに　いった。
「うん、よかった」
おしりを　なでながら
たちあがった　あたしは、
びっくりした。
「あー！」
だって　テーブルの
上(うえ)には、おにぎりが
いっぱい　ならんでる。

「あさごはん、おにぎりに　したの。

みんなで　たべようね」

あたしは、がばって
おかあさんに　だきついた。

「おかあさん、だいすき」

「おかあさんも、ココちゃん　だいすき」

おかあさんが、あたしを
ぎゅっと　した。

「ナッちゃんもー」

そうしたら、
おとうさんが
ナッちゃんを
だきあげた。
「ナッちゃんは
おとうさんが」
おとうさんは、
あたしに　こっそり
ウインクした。

「さあ、あさごはん　しっかり　たべて、
みんなで　ココちゃんの　うんどうかいに
いこう」

「いただきます！」
「いたらきます」
あたしは、ナッちゃんよりも　大(おお)きな　口(くち)で、
おにぎりを　ぱくって　した。

おしまい

作者
いとう　みく
神奈川県生まれ。『糸子の体重計』（童心社）で第46回日本児童文学者協会新人賞、『空へ』（小峰書店）で第39回日本児童文芸家協会賞を受賞。著書に「おねえちゃん」シリーズ（岩崎書店）、『車夫』『車夫2』（小峰書店）、『三日月』（そうえん社）、『きょうはやきにく』（講談社）、『ひいな』（小学館）など多数。全国児童文学同人誌連絡会「季節風」同人。

画家
つじむら　あゆこ
一九六四年、香川県生まれ。武蔵野美術大学造形学部日本画学科卒業。こどもの本の仕事を中心に活躍。挿し絵に『ふしぎなのらネコ』『なにがあっても　ずっといっしょ』（共に、くさのたき・作、金の星社）、「おばけのバケロン」シリーズ（もとしたいづみ・作、ポプラ社）、「おばけのポーちゃん」シリーズ（吉田純子・作、あかね書房）など多数。

お手紙おまちしています！
いただいたお手紙は作者と画家におわたしいたします。
〒112-0005　東京都文京区水道1－9－2
岩崎書店「おねえちゃん」係まで！

おはなしトントン58
おねえちゃんって、いっつもがまん!?

2017年7月28日　第1刷発行
2020年6月15日　第4刷発行

作　者　いとうみく
画　家　つじむらあゆこ
発行者　岩崎弘明
発行所　株式会社　岩崎書店
〒112－0005
東京都文京区水道1－9－2
電話　03－3812－9131（営業）
03－3813－5526（編集）
振替　00170－5－96822

印　刷　広研印刷株式会社
製　本　株式会社若林製本工場

NDC 913
ISBN978-4-265-07406-8

ご意見ご感想をお寄せください。　E-mail　info@iwasakishoten.co.jp
岩崎書店ホームページ　http://www.iwasakishoten.co.jp

うんど